AF252430

UN CENT DE STROPHES

A

PAILLERON

PAR

CLAUDIUS POPELIN

PARIS

A. QUANTIN, IMPRIMEUR-ÉDITEUR

7, RUE SAINT-BENOIT

1881

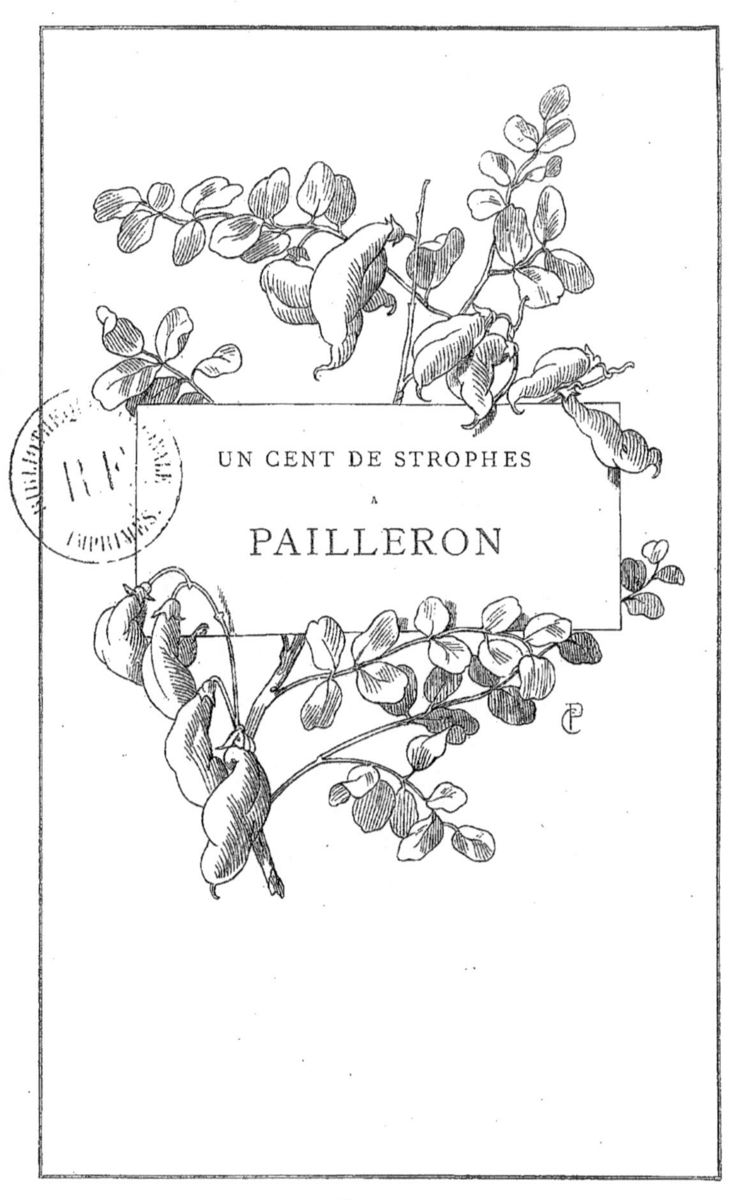

UN CENT DE STROPHES
A
PAILLERON

UN CENT DE STROPHES

A

PAILLERON

PAR

CLAUDIUS POPELIN

———

PARIS

1881

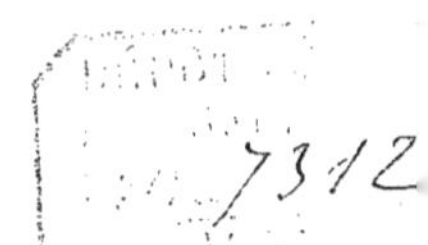

J'ai lu votre prologue en vers
Pour le « Théâtre chez Madame »,
C'est d'un beau tissu sans envers,
Soyeux, brillant & fin de trame;

Mais je ne comprends pas pourquoi,
— Aussi bien cela m'interloque —
Sans examiner son pourvoi,
Vous exécutez notre époque.

Je n'en puis prendre mon parti,
Vous, penseur, écrivain de race,
Laudator temporis acti,
Comme autrefois disait Horace!

Vous tenez que les temps anciens
Valaient beaucoup mieux que les nôtres:
Remontez alors aux Troyens
Ou, tout au moins, jusqu'aux apôtres.

Ah vraiment! qu'il me soit permis
De dénoncer ce paradoxe;
Et souffrez que, sans compromis,
Je le déclare hétérodoxe.

A vos yeux le siècle passé,
Celui d'avant tiennent la corde;
Le nôtre n'est pas trépassé,
Vous l'enterrez, miséricorde!

Vous déclarez le goût proscrit,
Le tact usé, le sens vulgaire;
Vous voulez qu'on n'ait plus d'esprit,
Et vous prouvez tout le contraire.

Vous cinglez comme Juvénal,
Vous charmez autant que Tibulle,
Vous ficelez les fleurs du bal
Avec le fouet de l'ergastule.

Dans une langue tout à vous,
Votre talent, qui sait s'ébattre,
Peut s'appliquer mieux, vertuchoux!
Qu'à fendre des cheveux en quatre.

La muse à l'essor garrotté
Par les rubans de la houlette,
Au style tarabiscoté,
Aux fredons aigres de pochette,

La muse au fade coloris,
Bergère qui souffle, camuse,
Dans la flûte pour canaris,
Ne sera jamais votre muse.

Sauf respect pour monsieur Dorat,
Et pour son bel habit vert-pomme,
Vous êtes d'un autre karat
Que ce frivole petit homme.

Et son Apollon rococo,
Pailleté, moucheté, fadasse,
A beau lever son caraco,
Vous n'irez pas sur son Parnasse.

Vous êtes de ce siècle-ci,
Quoi que vous puissiez faire ou dire,
Et, bien que vous l'ayez noirci,
Vous ne l'estimez pas le pire.

De ce siècle présent, qui n'est,
Malgré votre arrêt trop maussade,
Pas plus le siècle de Trinquet
Qu'un autre n'est celui de Sade.

Ah! de cet autre parlons-en!
Je voudrais que, par aventure,
On vous en fît tâter dix ans,
Mais dix ans de franche roture;

Ainsi qu'un simple Marmontel,
Qu'on vous logeât à la Bastille
Pour avoir piqué tel ou tel
Avec la pointe d'une aiguille;

Que, pour un mot, pour un cancan,
On mît au feu vos exemplaires,
Et vos imprimeurs au carcan
Comme au pilori vos libraires.

Je vous crois l'échine de fer,
Et fort peu flexible du râble ;
Ce serait pour vous un enfer !
Comme vous l'enverriez au diable,

Ce temps « leste, joli, flambant !
« Et d'une politesse telle
« Que l'épée avait un ruban
« Et les bottes de la dentelle » !

Sont-ce les bottes de Lauzun
Qui les fit, délicat modèle,
Tirer — c'est connu de chacun —
Par la Grande Mademoiselle ?

Celles où, digne des Teutons,
Le maréchal de Bassompierre
A l'alliance des Cantons
But, n'ayant pas sur lui son verre ?

Celles que Monsieur de Berri
Imprima, prince misogame,
De jalousie étant marri,
Sur... la tournure de sa femme?

Certes l'épée avait du bon;
Dans la victoire ou la déroute
Elle servait le roi Bourbon
Avec honneur, qui donc en doute?

On la portait, jouet mignon,
Pendue aux basques de la veste;
Pour un oui, comme pour un non,
L'on vous la tirait souple & leste.

Cela ne faisait pas un pli,
Pourvu que l'on fût gentilhomme;
On était un peu moins poli
Pour les fils de Jacques Bonhomme.

On compte bien jusques à trois
De ces charmants diables à quatre
Qui se sont permis, quelquefois,
De les insulter sans se battre.

Car un fat, sans s'épouvanter,
A pu faire frapper Voltaire,
Ou, pis encore, ensanglanter
La noble face de Molière!

Je vous connais, & je prétends
Que, n'en déplaise à votre rime,
Si vous pouviez aimer ce temps
Vous le haïriez pour ce crime.

C'est le temps des gais soupers fins
Où l'on vous pousse dans la rue,
Ivre-morte sous les grands vins,
Une dame absolument nue;

Le temps où l'on voit à la fois,
Sûr indice des caractères,
Dans la pourpre l'abbé Dubois
Et les protestants aux galères!

Où les cavaliers de Villars,
Bons catholiques & bons drilles,
Ont des procédés égrillards
Pour convertir les jeunes filles;

Le temps où, sans transition,
L'on passe, d'une allure égale,
De la poudre à succession
A la poudre à la maréchale,

Où Vendôme — en est-il honni? —
Montre, se levant de sa chaise,
A monsignor Albéroni
Un astre qui le comble d'aise,

Où, devant le roi, prestement,
Une duchesse de Bourgogne
S'octroie un rafraîchissement
Sans embarras & sans vergogne,

Où des jeunes gens du bon ton,
En un festin, folle équipée!
Déshonorent un marmiton
Et le lardent de coups d'épée,

Où Conti, plus soûl qu'un sergent,
Ayant gourmé sa femme en couche,
N'en a que ce mot du Régent:
Quand j'ai trop bu, moi, je me couche,

Où l'on voit d'un assez bon œil
Qu'un noble au jeu du roi filoute,
Où Guéménée, avec orgueil,
Se vante de sa banqueroute,

Où, dans son jardin de Monceau,
Chartres, de mœurs un peu grivoises,
Fait construire un badin ponceau
Qui verse dans l'eau les bourgeoises,

Où — trait qui nous rappelle Uri —
L'on voit un très grand capitaine
Faire emprisonner le mari
Pour dompter la femme inhumaine,

Où l'honnête monsieur Lebel,
Posté derrière une fenêtre,
Jette un dévolu paternel
Sur des fruits verts dignes du maître.

A tout prendre, ces gaillards-là,
Ce n'était pas de la fripouille,
Manants à faire quinola,
Vilains à qui l'on chante pouille;

Des quidams, des petits bourgeois,
Gens qui se mouchent sur la manche,
Au cabaret de la Guerbois
Allant banqueter le dimanche.

C'étaient les plus grands, les premiers,
Ayant, pour solder leurs ripailles,
Pension au bail des fermiers
Qui se rattrapaient sur les tailles.

C'étaient des princes, des vainqueurs,
De très haute catégorie,
De nobles & puissants seigneurs
D'Église & de chevalerie.

Ce temps, que l'on va louangeant,
On le traite de débonnaire,
Car on est toujours indulgent
Pour un vieux pêcheur centenaire.

De vrai, je ne disconviens pas
Qu'il n'eût sa grâce & ses manières :
La culotte seyait aux bas,
Les bas seyaient aux jarretières;

Les vêtements étaient pompeux,
Brodés de dorures non fausses;
Je ne dis pas ce que les gueux
Montraient par le fond de leurs chausses.

On avait des boucles d'argent,
D'or, de brillants à la chaussure;
Mais le populaire indigent
Allait pieds nus par la froidure.

Alors on disait : Sarpejeu!
En tournant sur un talon rouge,
Et l'on mimait le même jeu
Pour la duchesse & pour la gouje;

On saupoudrait d'un fin tabac
Un jabot à la billebaude,
On l'époussetait tout ab hac
D'une légère chiquenaude ;

On jetait, d'un geste élégant,
Son petit chapeau sous l'aisselle,
On battait l'air avec son gant
Et l'on contait la bagatelle ;

On portait les ordres du roi,
Le Saint-Esprit, superbe insigne ;
On en décorait Villeroi,
Catinat n'en était pas digne !

Dans les garnisons le soudard
En rapines payait son hôte ;
Le paysan cachait son lard
Pour échapper à la maltôte ;

Après une nuit de plaisir,
Des beaux fils, quittant leurs idoles,
Acceptaient d'elles, sans rougir,
Un ou deux rouleaux de pistoles;

A son entrée un duc & pair
Au parlement baillait des roses;
On vous exilait en bon air
Les magistrats par trop moroses;

Aux bourgeois était défendu
Le plaisir de courre à la chasse,
Un simple rustre était pendu
Pour le meurtre d'une bécasse;

Les maîtres étaient indulgents,
Mais leurs procédés despotiques;
Comme on pouvait battre ses gens,
On avait de bons domestiques;

Alors qu'un fils était rétif,
Monsieur son bonhomme de père,
A Saint-Lazare, au château d'If,
Vous le tenait loin de Cythère ;

Il arrivait, assez souvent,
Pour doter l'aîné des familles,
Bon gré, mal gré, dans un couvent
Qu'on vous cloîtrait les pauvres filles ;

Les abbés étaient galantins,
Et la feuille des bénéfices
Appartenait à des catins ;
Les juges prenaient des épices ;

Thémis connaissait tous les droits,
Et donnait, de son siège auguste,
Aux grands coupables sur les doigts,
Même aux petits, comme de juste :

La torture, la question
Pour un accusé prolétaire,
Les lettres d'abolition
Pour Charolais le sanguinaire.

Un prince de telle maison
Pouvait-il porter aux épaules
Les fleurs de lis de son blason
Pour avoir occis quelques drôles ?

La loi, faisant honte aux Dracons,
Marquait, pendait, rouait en Grève,
Écartelait, & des balcons
On voyait un peu mieux qu'en rêve.

Là des dames, bons petits cœurs,
Allaient, charmantes & sereines,
Avec de très jolis seigneurs,
Voir couler du plomb dans les veines ;

Et là, derrière l'éventail,
Des yeux fripons regardaient comme
Quatre chevaux au fort poitrail
Vous mettaient en cinq quartiers l'homme !

Après ce spectacle on soupait,
Puis, après souper, des marquises,
D'une humeur qui s'émancipait,
Prenaient l'air, en grisettes mises.

Des petits marquis francs lurons,
En cheveux à la cavalière,
Les menaient rire aux Porcherons,
Boire à la Grange-Batelière.

Bien déguisés sous le droguet,
Ils suivaient à pied la chaussée ;
En rentrant ils rossaient le guet
Et narguaient la maréchaussée.

En ce temps-là, braver les lois
Prouvait qu'on était de bonne aire ;
On obtenait même, parfois,
Des excuses du commissaire.

Ah ! c'était un temps bien heureux !
Comme on le lit dans plus d'un livre,
Un temps bénin, point rigoureux,
Sauf alors que manquait le vivre.

Car on avait, par-ci, par-là,
Quelque inopportune famine ;
Mais la cour gardait son gala,
Le courtisan sa bonne mine.

On n'était pas, comme en nos ans,
Difficile à la nourriture,
Les prélats mangeaient des faisans,
Les pauvres broutaient la verdure.

Je m'arrête, il faut terminer
Cette prolixe kyrielle,
Bien qu'on en puisse décliner
Une plus longue ribambelle ;

Et je suis d'accord avec vous
Que ce temps eut ses hommes graves,
Ses hommes forts, ses hommes doux,
Par-dessus tout ses hommes braves.

Mais nos lignards, jeunes ou vieux,
Hardis comme eux à l'escalade,
Ont tout ce qu'avaient leurs aïeux,
Moins, cependant, la bastonnade.

Non, les tricornes aux combats
Ne brillaient pas plus que nos casques,
La tunique de nos soldats
Vaut les habits à larges basques.

Notre étendard s'est vu gonflé
.Cent fois au vent de la Victoire,
Et la Renommée a soufflé
Dans les cuivres de notre histoire.

Nous avons fait d'aussi grands coups
Que gendarmes et mousquetaires
Ne firent jamais à Raucoux.
Allons ! nous valons bien nos pères.

Naguère, hélas ! sous nos colbacks,
Nos shakos, nos capotes grises,
Nous eûmes comme eux nos Rosbachs,
Nous eûmes comme eux nos Soubises !

Après ces douleurs, entre nous,
On peut supporter, sans murmure,
Que cinq ou six pâles voyous
Se mêlent de littérature.

Un Pidanzat de Mairobert,
Comme un Restif de la Bretonne,
Bien qu'ils chantassent au concert,
N'ont éteint la voix de personne.

Pas plus qu'Arnaud de Baculard,
Qu'un chevalier de la Morlière,
Quelques petits grimauds sans art
N'empêchent d'être La Bruyère.

Les fous, les sots, les impuissants,
Coulés tous dans un même moule,
Avec la masse des passants
Forment ce qu'on nomme la foule.

De ce néant émergera
Sans cesse une élite féconde :
Héros, penseurs, et cætera,
Étoiles & flambeaux du monde.

Que ce soit Lebrun ou Chevert,
Napoléon ou Lamartine,
André Chénier ou d'Alembert,
Que ce soit Hoche ou bien Racine,

Que ce soit Musset ou Watteau,
Delacroix, Corneille & son frère,
Que ce soit Buffon ou Marceau,
Littré, Cuvier, Belle-Isle, Ampère,

Le cœur & l'esprit, tour à tour,
A l'avenir donnent des arrhes
Pour élever la haute tour
Où l'humanité met ses phares.

Diderot, Montesquieu, Rousseau,
Que sont-ils, après tout, mon maître?
Les précurseurs du temps nouveau,
Les semeurs de ce qui va naître.

Chaque siècle récolte ainsi
Les fruits du siècle qui précède,
Et sa main ensemence aussi
Les champs de celui qui succède.

Mais on regrette le passé !
Quand nous serons d'histoire ancienne,
Sur ce vieux thème ressassé
L'on chantera la même antienne.

Les enfants sont toujours battus
Avec les ossements des pères :
A ceux-ci toutes les vertus,
A ceux-là tous les vitupères.

On débite ce tra la la
Depuis l'origine du monde ;
Dans dix mille ans, à ce train-là,
Nous ferions une race immonde.

L'homme sera l'homme toujours,
Qu'il soit tondu, qu'il ait la queue,
Qu'il revête bure ou velours,
Que sa toge soit verte ou bleue.

Toujours de même il s'en ira,
Mené par l'amour ou la haine,
Versera des pleurs ou rira,
Portera sa palme ou sa chaîne.

Seulement, en suivant son cours,
Sans trop brusques métamorphoses,
L'effort accumulé des jours
Accommode un peu mieux les choses.

Tout est trop visible de près ;
C'est sous le saule qui retombe,
C'est contre le pied du cyprès
Que les yeux discernent la tombe.

A distance tout paraît pur,
L'astre couchant pare les choses,
Les monts ardus semblent d'azur,
Les nuages semblent des roses.

Au loin, quand la cité, qui dort,
Étend ses larges envergures,
On ne voit que ses dômes d'or,
On n'aperçoit pas ses masures.

IMPRIMÉ PAR A. QUANTIN

7, RUE SAINT-BENOIT